DÖRLEMANN

FELICITAS HOPPE

FIEBER 17

Eine Erzählung und ein Essay

DÖRLEMANN

Dieses Buch ist auch als Dörlemann eBook erhältlich.
eBook ISBN 978-3-03820-985-0

Alle deutschsprachigen Rechte vorbehalten
© 2021 Dörlemann Verlag AG, Zürich
Umschlaggestaltung: Mike Bierwolf
Porträt Seite 5: Felicitas Hoppe, © Thomas Brose
Satz: Dörlemann Satz, Lemförde
Druck und Bindung: CIP – Clausen & Bosse, Leck
ISBN: 978-3-03820-085-7
www.doerlemann.com

Felicitas Hoppe

FIEBER 17

Gestern endlich die erlösende Nachricht aus dem Labor: Ich bin nicht bloß müde, ich bin tatsächlich krank. Und plötzlich erklärt sich alles von selbst: der Schwindel am Morgen, das klopfende Herz, die Schweißausbrüche, der rasende Puls und der schwankende Blutdruck, der Durst und meine Appetitlosigkeit; und diese ständige Flucht in den Nachmittagsschlaf, in lauter Träume mit niedrigen Stubendecken, von Pferden, die mit den Hufen scharren, und von Kutschern, die in schweißnasse Pelze gewickelt in meinem Halbschlaf laut mit der Peitsche knallen, um mich endlich wieder auf Trab zu bringen.

Aber jetzt bin ich erlöst, denn mein Fall ist glasklar, die Diagnose lautet: *Fieber 17*. Ein Fieber, das nachweislich mir ganz allein gehört, weil es nur meine höchst persönlichen Träume bewohnt, allerdings, wie mir heute vertraulich mein Hausarzt verriet, in unserer Familie schon seit Generationen gastiert. Auf den ersten Blick also ein Fieber von gestern und eine eher harmlose Krankheit, weil sie, allen Symptomen zum Trotz, weder den Körper noch den Geist befällt, sondern einzig diesen lächerlich kleinen Rest, den man früher, als es den Volksmund noch gab, so ahnungslos wie überheblich *die Seele* nannte. Dieses übrig gebliebene kleine Halborgan also, das, so schlaflos wie ratlos, ständig auf Reisen und Wanderschaft ist und, unterwegs zwischen Scheitel und Sohle, die altbekannte Schnittmenge aus Sehnsucht und Heimweh bildet, die mich daran hindert, einen festen Sitz im Leben zu finden oder wenigstens einen eigenen Tod.

Denn genau das, sagt mein Hausarzt, ein eher sesshafter Typ ohne Titel und Reiseerfahrung, genau das ist ja die Tücke dieses flüchtigen Fiebers: dass es zerstreut, statt zu sammeln, dass es dieses leise haltlose Flattern erzeugt, dieses heimliche Flirren zwischen Abschied und Ankunft, das die Sehnsucht nach Aufbruch mit einem Ziel verwechselt, das so gut wie nie zu erreichen ist.

Aber die Ärzte von heute, lieber Herr Doktor, verstehen nichts mehr von Literatur, weil sie keine Fremdsprachen mehr sprechen und bekanntlich nicht mehr auf

Reisen gehen, sie gehen nur hin und wieder auf Urlaub. Ich dagegen spreche von richtigen Reisen, von ernsthaften Reisen, von Geschichten der Herrschaft und der Enteignung. Dazu müssen Sie allerdings wissen, dass ich niemals auf Reisen wollte, weil ich schon als Kind lieber drinnen als draußen war; dass ich die Küche der freien Natur jederzeit vorzog und dass ich es hasste, wochenends wandern zu gehen, mit einem Stein unter der Zunge, der mir gegen den ewigen Durst helfen sollte; dass ich noch im Juli in dicken Jacken herumlief, ein Winterkind im Pelz seiner Sommerangst, das beim Luftholen ständig an Grenzen kam: von Atmen konnte gar keine Rede sein, jeder Schritt nur ein Schritt, kein Aufbruch, sondern bloß der Versuch, endlich ein kleines Stück weiterzukommen.

Also fangen wir einfach von vorne an, sagt mein sesshafter Hausarzt. Ohne Träume und Kutscher, ohne Peitsche und Pferd. Ziehen wir einfach die Vorhänge zu, damit der Lärm von draußen langsam verebbt und die Stubendecken sich wieder heben; und nehmen Sie endlich diesen Stein aus dem Mund, um unter der Zunge Platz für eine Geschichte zu schaffen, die unsere Hörer erfreuen wird, weil alle unglücklichen Kindheiten einander ähneln wie der Kopf seinem Abdruck im Kissen.

Und so lege ich jetzt meinen Kopf auf das Kissen, ziehe den nassen Stein aus dem Mund, stecke ihn zurück in die Tasche und erzähle, während der Lärm da draußen tatsächlich verebbt, von meiner allerersten Reise: von der ersten großen und sehr langen Reise eines asthmatischen

Vorschulkindes, das weder lesen, schreiben noch schwimmen kann. Dazu müssen Sie allerdings wissen, dass ich nicht freiwillig ging. Ich ging nicht auf Reisen, wie man so landläufig sagt, sondern ich wurde verschickt; ich bin, wie es damals im Volksmund hieß, ein einfacher Fall von *Kinderlandverschickung*.

Stellen Sie sich also ein etwas rundliches Postpaket vor, das mit dem deutlichen Absender *krank* beschriftet und mit der Anschrift *Frischluft* versehen an einem Sonntagmorgen an der festen und warmen Hand seines Vaters das Haus und seine vier Geschwister verlässt, mit einem Rucksack auf dem Rücken, in dem, in handliche Viertel geteilt, die Schnitten aus der Küche meiner Mutter lagen.

Erst an der Hand meines Vaters, der meinen kleinen karierten Kurkoffer trug, begriff ich den Irrtum: Ich begriff, dass er mich weder zur Kirche noch auf die Post bringen würde, sondern zum Bahnhof. Ein festlicher Tag, ein ganz besonderer Tag, ein richtiges Abenteuer, sagte mein Vater. Denn ich hatte, weder von außen noch von innen, jemals zuvor einen Bahnhof gesehen. Nie zuvor hatte ich einen Zug bestiegen, nie zuvor hatte ich Abschied genommen. Von Nordseeinseln wusste ich nichts. Ich war, wie gesagt, fünf, und ich hatte bloß Asthma.

Doch an ein Zurück war jetzt nicht mehr zu denken. Um mich darüber hin-wegzutäuschen, war plötzlich die Rede von Sonne und Wind, von Muscheln und Meer, von Burgen aus Sand an sehr lan-gen Stränden, von denen andere Kinder angeblich bloß träumen. Gut möglich, dass mein Vater mich trösten wollte, kann

aber auch sein, er sprach nur sich selber
Mut zu, von seinen eigenen Träumen und
seiner eigenen Angst, denn auch er hatte
noch nie einen Strand gesehen.

Aber jetzt sah ich zum ersten Mal einen Bahnhof und stand zum ersten Mal
auf einem Bahnsteig und sah zum ersten
Mal einen einfahrenden Zug. Und das
Zifferblatt einer riesigen Uhr, die ich
nicht lesen konnte. Ich begriff ihre Bot-
schaft trotzdem sofort: Ihre unaufhaltsam
wandernden Zeiger trieben mich sichtbar
zur Eile an. Der Abschied war tränenreich
und entsetzlich und viel zu kurz, um ein
ehrlicher Abschied zu sein.

Denn ich war längst umzingelt: von
uniformierten Schaffnern und Kranken-
schwestern, die, weil ich die Hand meines Vaters nicht loslassen wollte, plötzlich
darauf bestanden, ab sofort meine Onkel

und Tanten zu werden; als seien wir eine große Familie, obwohl doch jedes Kind und jeder Reisende weiß, dass ihr Amt weder Mitleid noch Aufschub duldet. Und so stieg ich ein, so fuhr ich davon, unter Tränen nach Norden, in einem Zug voller lautstarker fremder Kinder, eskortiert von fremden Onkeln und Tanten und mit einem Rucksack voller gevierteilter Reiseschnitten, die ich niemals gegessen habe.

Auf der Insel lernte ich im Handumdrehen alles, was fühlen muss, wer nicht hören kann: die Ohrfeige und den Morgenappell, wie man zum Frühstück eine Tasse Salzwasser leert, wie sich ein Vorschulkind nachts durch die Betten prügelt und am Morgen danach in der Strafecke steht; dass, wer schwimmen kann, nur langsamer umkommt; dass man weder ungestraft Geschichten erfindet, noch ungestraft bei der Wahrheit bleibt: den Betrug beim Diktat von Ansichtskarten, die zuhause den Eindruck vermitteln sollten, ich sei hier auf Urlaub und auf dem glücklichen Weg der Genesung. In Wahrheit war ich längst auf dem Weg, erwachsen zu werden, wenn ich jeden Montag von Neuem einer der Wärterinnen diktieren sollte, was sie auch ohne mein Zutun geschrieben hätte: *Mir geht es gut. Und wie geht euch?*

Sie waren die Postkutscher und Reiseführer unserer Kindheit. Und wie alle Reiseführer gut organisiert. Die altbekannte Mischung aus Schaffner und Zöllner: entschieden und tüchtig, robust und belastbar, kompromisslos und wachsam, wetterfest und durch und durch lieblos; und immer auf Trinkgelder aus, die wir natürlich nicht hatten, weshalb wir sie mit Unterwerfung und Gehorsam bezahlten. Aber sie ließen sie niemals ernsthaft bestechen, schließlich taten sie beim Waschen und Wandern bloß ihre Pflicht. Sie herrschten über Gesundheit und Krankheit, über Körper und Geist und waren von morgens bis abends damit beschäftigt, unser kleines übrig gebliebenes Halborgan endlich zum Verschwinden zu bringen. Für den Fall, dass trotzdem eine Ahnung von Heimweh aufkam, legten sie uns Steine unter die Zungen, die uns lehrten, dass ein Ausflug kein Ausflug ist und eine Kur kein Urlaub.

Und sie sorgten für Ordnung: montags die Post und dienstags die Waage, der wöchentliche Beweis meiner ständigen Appetitlosigkeit; mittwochs der Strand, in verlässlicher Begleitung der Mittwochsangst einer analphabetischen Nichtschwimmerin. An den Donnerstagen dagegen kam manchmal eine fast tröstliche Langeweile auf; offenbar hatten sie sich ein bisschen erschöpft. Doch an den Freitagen waren sie bereits wieder in Hochform und verspotteten die, die nicht schwimmen konnten, bei organisierter Gymnastik und Lagerfeuern am Strand mit Liedern von Männern, die auf Kaperfahrt gehen, und von anderen, die mit der Pest an Bord in einem Hafen liegen, dessen Namen ich bis heute nicht buchstabieren kann.

Nichts als Erinnerungen natürlich, also vermutlich der klassische *Rückschaufehler* einer Winterseele mit Sommerangst, oder, wie meine Mutter es ausdrücken würde: *nachösterliche Interpretation.* Schließlich war ich damals erst fünf und hatte bloß Asthma. Aber ich war fest im Glauben. Selbst am Strand glaubte ich jenseits des Meeres die Sonntagsglocken läuten zu hören, denn ich glaubte nach wie vor an die Verwandlung des gesprochenen in das geschriebene Wort, an die diktierten Montagspostkarten von einer als Reise getarnten Kinderkur, an all diese fröhlichen Ansichtskarten, auf denen immer dasselbe steht: *Mir geht es gut! Und wie geht es euch?*

Bis plötzlich, in einer stürmischen Nacht, mein erstes und einziges Schutztier verschwand, Kollo, der Kater: eine frühe Strickarbeit meiner älteren Schwester, eine Herzensangelegenheit ohne besonderen Sachwert; mein dunkelgrüner

weicher Begleiter, der stumme Beichtkater meiner ständigen Angst vor dem
nächsten Morgen, der Einzige, der meine
flüsternde Rede verstand und dessen rote
Augen (zwei schlecht befestigte Knöpfe)
im Halbdunkel leuchteten, wenn sich
Schlag acht die Vorhänge bereits wieder
schlossen, im Schlafsaal für immer das
Licht ausging und die Decken sich wieder
zu senken begannen.

Wer ihn entführt hat, ist bis heute im
Dunkeln geblieben, ich weiß nur, dass er
nie wiederkam: Man muss wissen, wer
weggeht und wer nicht zurückkommt, alles andere ist sinnlos. Aber bis heute bin
ich davon überzeugt, dass mich in der
Nacht seines geheimnisvollen Verschwin-
dens zum ersten Mal im Traum jenes Fieber heimsuchte, von dem man in meiner
Familie bis heute nicht spricht.

Allerdings sei hier, der Gerechtigkeit halber, auch nicht verschwiegen, dass ich mich an meinem letzten Tag auf der Insel zum ersten Mal in einen Jungen verliebte, der schon lesen, schreiben und schwimmen konnte und darauf bestand, meinen kleinen karierten Kinderkoffer zum Bahnhof zu tragen. Einen Koffer, der nach vier Wochen am Meer, ohne Schnitten und Schutztier, plötzlich wesentlich leichter geworden war. Was seinen Träger betrifft: Er kam von weit her, aus der Schweiz, und ich habe ihn niemals wiedergesehen.

Als ich, wider Erwarten doch noch gerettet, endlich zurück nach Hause kam, stand meine Mutter am Bahnsteig; neben ihr meine kleine Schwester, deren Hand mir winzig und weich vorkam, die Hand eines Kindes aus einer anderen, längst verflossenen Welt. Zwei Wochen später hatte ich den karierten Koffer gegen einen karierten Ranzen getauscht und die Angst vor dem Strand gegen die Angst vor dem Schulweg, denn ich hatte immer noch Asthma. Aber ich lernte im Handumdrehen Lesen und Schreiben und verweigerte fortan jedes Diktat.

Seitdem, lieber Herr Doktor, sind Jahrzehnte vergangen, in denen ich, immer wieder von vorn, versucht habe, einen eigenen Sitz im Leben zu finden. Für einen ernsthaften Beruf und ein eigenes Haus hat es aus Mangel an Mitteln allerdings nie ganz gereicht. Und so bin ich aus Not zur Dichtung gekommen. Zur schönen Literatur. Ich bin ein träumender fahrender Sänger geworden, kein Gastgeber also,

sondern ein ständiger Gast ohne nachweislich festen Wohnsitz: *Writer in Resi-
dence*, wie es inzwischen im Volksmund
heißt.

Mit diesem Ticket habe ich seit Jahren die ganze Welt bereist und bin dabei
mehr herumgekommen als meine ganze
Familie zusammen. Ich bin sogar in Län-
dern gewesen, in denen es Krankheiten
gibt, die bis heute nicht benannt worden
sind. Der Gerechtigkeit halber sei aber
auch erwähnt, dass man mich überall mit
offenen Armen empfing. Ich durfte ge-
liehene Bauernhäuser hinter norddeut-
schen Deichen bewohnen und die Villen
toter Kollegen am Pazifik bewachen. Ich
habe in ihren Betten geschlafen, an ihren
Tischen gesessen, mit ihren Löffeln von
ihren Tellern gegessen und aus ihren Glä-
sern die Reste aus ihren Flaschen getrun-

ken. Ich habe meine Stirn fest gegen den friedlichen Ozean und noch fester gegen die feindliche Nordsee gedrückt, aber so richtig hell wurde es dabei nie.

Also bin ich auf viertausend Meter gestiegen, um Einsiedler auf einem Gipfel zu werden, den andere lange vor mir erreichten. Aber die Sehnsucht nach Ausblick und Überblick bezahlt man immer mit Kälte. Denn spätestens jenseits von viertausend Metern gehört uns nur noch das Fernrohr, durch das man die letzte Insel sieht, auf der sich die letzte Anstalt befindet: ein Seemannsheim, auf dessen Terrasse Kapitäne aus aller Welt seit Jahrhunderten den Ruhestand proben.

Aber ruhig wird es nie. Weil sie, gequält von Heimweh und Landgangsangst, viel zu weit weg sind und viel zu spät dran, um jemals irgendwo sesshaft zu werden. Sie müssen bis an ihr Ende reisen, weil sie keinen Sinn für stehendes Wasser haben. Für Stillstand und Gedichte schon gar nicht. Schaut genau hin, und verliert alle Hoffnung! Denn nur wenn der Wind manchmal günstig steht, hört, wer ein Ohr für den Unterschied hat, was sonst nur verschickte Kinder hören: Lieder von Kaperfahrten und Frauen, die für immer zurückbleiben müssen.

Doch schon mittags tauchen genau diese Frauen, jetzt in weiße Kittel gekleidet, plötzlich wieder im Speisesaal auf, um die Kapitäne zurück auf die Terrasse zu schieben und zurück ins rechte Licht der Geschichte zu rücken. Lauter Frauen, die mir verdächtig bekannt vorkommen, weil sie nach Ohrfeigen und nach Salzwasser riechen, nach dieser altbekannten Mischung aus Kutscher und Zöllner: entschieden tüchtig und durch und durch lieblos. Denn sie tun bloß ihre Pflicht.

Und genau das tut mein sesshafter Hausarzt jetzt auch, weil sein Wartezimmer voller Patienten ist, die vermutlich noch weit schlechter dran sind als ich. Wahrscheinlich wird er mich also einfach nach Hause schicken, zurück zu den Kutschern und Peitschen. Mit einer Krankheit ohne Namen und Pathos, von einem so schlichten wie harmlosen Fieber befallen, das ständig auf der Durchreise ist und gegen das man sich weder versichern noch impfen kann, weil es nach dem Gesetz der reinen Natur überhaupt nicht ansteckend ist. Denn genau das, sagt mein Hausarzt, ist sein Geheimnis und sein Geschäftsmodell: dass es weder küsst noch umarmt,

dass es ohne Not und Berührung im Vor-
überfahren nach Belieben mal diesen, mal
jenen erfasst, weil es vollkommen unbere-
chenbar ist und weil es immer in Schüben
kommt: den einen erwischt es, den anderen nicht, und an den meisten geht es einfach spurlos vorüber. Weshalb die Suche
nach einem Impfstoff so überflüssig wie
sinnlos wäre.

Aber vergessen Sie eins nicht: Mit
einem anderen Fieber wären Sie wesentlich schlimmer dran. Sagt mein kundiger
Hausarzt, während er in den Akten blät-
tert, um die Krankengeschichte meiner
Familie zurückzuverfolgen. Dabei stoßen
wir, für uns beide kaum überraschend, auf
schwere Fälle von *Siderodromophobie*, auf
diese übertriebene Angst vor Zügen und
Schienen, die der Volksmund *Eisenbahn-
angst* oder auch *Schaffnerangst* nennt. Im

Klartext also auf jenes blanke Entsetzen, dass jeden Betroffenen befällt, sobald er einen Schaffner auch nur von Weitem erblickt.

Deshalb schlage ich den rezeptfreien Behandlungsweg vor, sagt mein verlässlicher Hausarzt: Sie gehen jetzt also einfach zurück nach Hause und fangen noch einmal von vorne an. Sie packen den kleinen karierten Kinderkurkoffer, Sie gehen damit zum nächstbesten Bahnhof, Sie kaufen sich ein günstiges Ticket, Sie steigen in den nächstbesten Zug und fahren zurück auf die Insel. Sie kehren zum Beichtkater Ihrer Kindheit zurück. Aber vergessen Sie den Stein und die Bibel nicht: *Johannes 5,8.*

Also bin ich nach Hause gegangen, habe Bibel und Stein in den Koffer gepackt, bin zum Bahnhof gegangen, habe ein Ticket gekauft und bin in den nächstbesten Zug gestiegen. Aber, auch das soll hier nicht verschwiegen werden, ich bin nicht zurück auf die Insel gefahren, sondern habe, auf halber Strecke, entschlossen den Zug und die Richtung gewechselt, von Norden nach Süden. Denn *Fieber 17* kommt bekanntlich immer in Schüben, und die Symptome im Traum sind immer dieselben: klopfendes Herz, rasender Puls, fröhliche Appetitlosigkeit und der Wunsch, niemals irgendwo anzukommen.

Doch zum ersten Mal weiß ich genau, wohin ich jetzt will: Ich will zurück in das Land meiner ersten Liebe, in das Land meines ersten Kofferträgers, der schon damals lesen, schreiben und schwimmen konnte. Er kam von weit her, er kam aus der Schweiz, und hatte einen eigenen Namen, an den ich mich endlich erinnern will, wie an Kollo den Kater. Keine Ahnung, ob ich ihn finden werde, denn die Schweiz ist zwar klein, hat aber viele Täler, in denen man sich sehr gut verstecken kann.

Fieber 17 hat dort vermutlich niemals gastiert. Und so bin ich erlöst. Denn man ist dort von sehr hohen Bergen umzingelt, in denen ich endlich wieder die Bibel lese, Johannes 5,8: *Steh auf, nimm dein Bett und geh nach Hause!* Während mir mein überflüssiges kleines Halborgan in aller Seelenruhe die erste Ansichtskarte an meinen Hausarzt diktiert: Lieber verehrter Herr Doktor: Ich bin Ihrem Rat gefolgt, habe den Zug bestiegen, Johannes 5,8 gelesen und gestern, nach einer traumlosen

Nacht, endlich die Panoramaplattform erreicht: *Mir geht es gut. Und wie geht es Ihnen?*

OH, THE PLACES YOU'LL GO!

Als das Kind ein Kind war

Vor wenigen Wochen, ich war reisend unterwegs an der kalifornischen Küste, auf der Suche nach dem Haus des berühmtesten amerikanischen Kinderbuchautors, Dr. Seuss (von dem ich mir den Titel meines Vortrags geliehen habe und auf den ich weiter unten zurückkommen werde), kaufte ich an einer Tankstelle eine Flasche Wasser und eine Tafel Schokolade. Neben mir stand eine Frau unbestimmbaren Alters, die, den Finger auf meinen

Einkauf gerichtet, plötzlich rief: »I hate chocolate!« (Ich hasse Schokolade!) Als ich sie fragte, warum, sagte sie: »It's all about my childhood.« (Das hat mit meiner Kindheit zu tun) Und begann umgehend, eine Geschichte zu erzählen, die nachzuerzählen hier die Zeit fehlt. Die Geschichte war lang und wirr, mit Schokolade hatte sie wenig zu tun. Ihre Wahrheit und ihr Wert lagen, wie die Wahrheit der meisten Kindheitsgeschichten, nicht in den Fakten, sondern in dem Versuch, Erlebtes in Erzähltes zu verwandeln, mit anderen Worten darin, einer Erinnerung Form zu geben. Und in der Ehrlichkeit und Dringlichkeit, mit der sie erfunden war.

In diesem Sinn sind natürlich alle Kindheitsgeschichten erfunden. Die guten wie die schlechten, die glücklichen

wie die unglücklichen, die schönen wie
die schrecklichen, die komischen wie die
tragischen. Was nicht heißt, das Prinzip
ehrlicher Erfindung sei ein Garant für
gute Geschichten. Im Wettbewerb erzähl-
ter Erinnerungen sind wir umzingelt von
Kindheitsgeschichten. Denn die Kindheitsgeschichte ist ein Pfund, mit dem sich
gut wuchern lässt: Jeder hat sie, jeder hält
sie für eigen, für unaustauschbar, für un-
verwechselbar, für unantastbar. Vor allem
weckt sie in jedem Erzähler die Hoffnung
auf Zuhörerschaft und in jedem Verleger
die Hoffnung auf Verkauf.

Dabei wissen wir alle, wie sehr unsere
Kindheitsgeschichten einander gleichen,
dass sie sich allzu ähnlich sind, um origi-
nell zu sein. Wahrscheinlich lieben wir sie
gerade deshalb: Sie rufen Klischees auf,
die uns, bei aller scheinbaren Exklusivi-

tät der eigenen Geschichte, im Vertrauten verorten, in der simplen Tatsache, dass wir alle einmal Kinder waren. Sie sollen Gemeinsamkeit stiften und Allianzen bilden. Sie sind Räume der Identifikation wie der Projektion gleichermaßen. Selbst Kindheiten, die uns durch und durch fremd sind, weil sie in anderen Welt- und Zeitgegenden verankert sind, und die wir im Grunde genommen gar nicht verstehen können, kürzen wir hartnäckig auf das Eigene herunter.

Denn wir sind besessen davon, uns in Beziehung zu setzen, und vergessen dabei, dass uns ohnehin nur jene Geschichten erreichen, die mit unserer Vorstellung von dem, was Kindheit wäre, irgendwie kompatibel sind. Dafür sorgt der Markt der Geschichten, auf dem man Kindheiten in der Regel nach Maßgabe ihrer Verwertbarkeit in Sachen Drama verwaltet. Offenbar hält man die Kindheit für eine Art globale mathematische Größe, für einen gemeinsamen Nenner, auf den sich (fast) alles herunterkürzen lässt.

Allerdings gab und gibt es Zeiten und Gegenden, in denen es zwar jede Menge Kinder, aber keine Kindheit, in anderen Worten, keine Zeit gab und gibt, um erwachsen zu werden und davon zu erzählen, Zeiten und Gegenden also, in denen sich nicht, wie in Peter Handkes romantischem *Lied von der Kindheit*, sagen lässt: »Als das Kind Kind war, wusste es nicht, dass es Kind war.« Wir wissen genau, worauf diese Beschwörungsformel zielt: Sie ist auf den so altmodischen wie neuzeitlichen Traum von einer Ganzheit, von einem *Bei-sichsein* aus, die der Pubertät und dem Erwachsensein vorausgehen soll: »Alles war ihm beseelt, und alle Seelen waren eins«, heißt es bei Handke. Wie wenig das mit der Wahrheit zu tun hat, wissen wir auch. Wir wünschen uns von Kindern, was sie womöglich gar nicht sind und was wir selbst vielleicht niemals waren und hatten – jene Naivität und Wundergläubigkeit, die der verheißenden Einlösung des biblischen Slogans gleichkommen soll: »Wenn ihr nicht werdet wie die Kinder!«

Nur wer erreicht schon, lebend, lesend oder schreibend, das Stadium jener höheren biblischen zweiten Kindheit? Wer wissen will, wie Literatur funktioniert und was den Unterschied zwischen guter und schlechter Literatur ausmacht, lese Kindheitsgeschichten. Rührselige, um nicht zu sagen kitschige Kindheitsgeschichten sind Legion. Denn sie sind nur auf den ersten Blick des Erzählers leichteste Übung. Das hat schlicht und einfach mit dem Unterschied zwischen gelebten und erzählten Leben zu tun, mit dem also, was Literatur ursächlich ausmacht. Gelungene Transformationen sind im Fall von Kindheitsgeschichten besonders selten.

Um sie gut zu erzählen, muss man natürlich kein Schriftsteller sein. Mündlich erzählte Kindheitsgeschichten übertreffen in ihrer Wirkung nicht selten die Kindheitsgeschichten der so genannten *hohen* Literatur. Erzählen, schriftlich wie mündlich, bleibt ein seltenes Talent, jene besondere Fähigkeit, Geschehenes erzählerisch effektiv nutzbar zu machen und Wirkungen zu erzielen, die dem Erzähler nicht nur kurzfristig ein Publikum sichern, sondern auch den Glauben an den Wahrheitsgehalt seiner Geschichte.

Genau daraus erklärt sich aber auch

das mitunter berechtigte Misstrauen gegenüber der Literatur im Allgemeinen und gegenüber Kindheitsgeschichten im Besonderen, vor allem wenn es um faktische Wahrheiten, um so genannte Zeitzeugenschaft geht. Hier stellt sich nämlich die Frage: Ist es wirklich möglich, hinter der Kindheitsgeschichte die Kindheit zu entdecken? Hat nur, wer auch davon sprechen kann, ein Anrecht auf eine eigene Kindheit? Was ist mit jenen, die nie in der Lage waren und niemals in der Lage sein werden, ihre Kindheit zur Sprache zu bringen? Hat nur, wer sprechen kann, eine Geschichte?

In der Literatur wimmelt es von Stellvertretern, die Geschichten anderer erzählen, die selbst ernanntes Sprachrohr sein und anderen, so hört man immer wieder, eine *Stimme* geben wollen. Aber

funktioniert das? In einer frühen Hoppe-
geschichte aus *Picknick der Friseure,* mit dem
Titel »Am Zoll«, ist die Rede von einem
Onkel, der im Sterben liegt und sehr genau weiß, dass er sich sein Leben lang
nicht zur Sprache gebracht hat. Ich zitiere:
»Der Onkel blieb zurück mit Sand in den
Schuhen, in Kragen und Mund, und als er
jetzt versuchte zu sprechen, begann er zu
husten. Er hörte überhaupt nicht mehr auf
zu husten, und wir sprangen auf von den
Koffern, die so voll waren, dass sie sich
beim besten Willen nicht schließen ließen.
Wir rissen die Fenster auf und wedelten
mit der Luft herum, als könnten wir dem
Onkel damit Erleichterung verschaffen.
Dann hoben wir ihn an den Armen empor
und klopften ihm sanft auf den Rücken,
bis er nach vorne kippte und durch die
Zähne pfiff, womit er uns zu verstehen

gab, dass er weder mit seiner Reise noch mit unserer Geschichte einverstanden ist.«

Spätestens seit dem Erscheinen von *Picknick* weiß ich um die Schwierigkeit, gelebtes und erzähltes Leben auseinanderzuhalten. Innerhalb kürzester Zeit brachte mir das Buch den Ruf ein, eine schreckliche Kindheit gehabt zu haben, nicht zuletzt deshalb, weil in einigen der Geschichten, fast ausnahmslos Familiengeschichten, viel geprügelt und getrunken wird. Wie wirkungslos Selbsterklärungen sind, die das Gegenteil behaupten wollen, bezeugt die Tatsache, dass ich bis heute Leserbriefe bekomme, in denen man mir dringend zu einer Therapie rät.

Dreck reinigt den Magen

Wer selber ständig erzählt und erfindet, schreibt und in Form bringt, weiß am besten, was es mit dem Schweigen auf sich hat und dass unser ununterbrochenes Sprechen, Erzählen und Schreiben nicht selten Züge eines verzweifelten Wettbewerbs trägt, in dem jeder der Erste sein möchte. Apropos Wettbewerb: Natürlich habe ich an jener kalifornischen Tankstelle die Geschichte von der Schokolade umgehend sportiv mit einer eigenen Kindheitsgeschichte in Sachen Essen pariert. Sie ist in meiner Erinnerung unter dem mütterlichen Slogan *Dreck reinigt den Magen* abgespeichert und erzählt von unserer Gewohnheit, als Kinder unter dem Küchenfenster meiner Mutter stehend vom Garten herauf so lange nach Brot zu rufen, bis meine Mutter schließlich das Fenster öffnete und uns ein paar Scheiben frisch geschnittenen Brotes herunterwarf (wir wohnten im ersten Stock), die wir uns dann mit Sand aus dem Sandkasten belegten. *Brot mit Sand* war eine Spezialität, es knirschte so schön zwischen den Zähnen.

Meine Mutter weigert sich bis heute, diese Geschichte zu verifizieren, und sie tut gut daran, denn meine vier Geschwister erzählen sie in jeweils anderen Varianten. Erzählt man sie außerhalb der Familie weiter, stellt man umgehend fest, dass fast jeder mit einer ähnlichen Geschichte aufwarten kann. Dabei entsteht jener Hang zu gegenseitiger Übertrumpfung, den man gewöhnlich von Stammtischen kennt. *Brot mit Sand* nimmt sich harmlos aus gegenüber all den anderen

Mutproben, die aus der Kindheit bekannt sind, wie etwa das Verspeisen von Regenwürmern.

Aber ich verliere mich im Anekdotischen. Entscheidend ist zweierlei: auf der einen Seite die verklärende, beschönigende, romantisierende Funktion der Kindheitsgeschichte, auf der anderen Seite, komplementär dazu, ihr erpresserischer Einsatz. In beiden Fällen gilt es, mit Mitteln der Überhöhung und vertrauten Klischees die Wirkung der Geschichte zu sichern. Jahrelang gelang es mir, meine Familie bei Bedarf an den Rand der Tränen zu bringen, eine von mir genussvoll erzeugte Mischung aus Rührung und schlechtem Gewissen, indem ich jene Geschichte von meiner *Kinderkur* nacherzählte, in der ich vier endlos lange und einsame Wochen auf einige wenige mittlerweile zum festen Bestand familiärer Anekdoten gehörende Episoden herunterkürzte.

Kinderverschickungen sind heutzutage, wenigstens hierzulande, aus der Mode gekommen, aber sie sind nach wie vor ein beliebtes Motiv in der Literatur, weil sie gebündelt fast alles enthalten, was erfolgreiche Literatur ausmacht: das Motiv der Reise, die erzwungene Trennung von Eltern und Kind, den ungewollten Aufbruch ins Fremde, das Ausgesetztsein in einer Welt, deren Regeln uns nicht vertraut sind, denen wir uns aber unter allen Umständen beugen müssen, um zu überleben. In diesen Geschichten sind wir umzingelt von Wärtern und Wächtern, von Erziehern und Aufsehern, die selbstverständlich den Part der *Bösen* übernehmen müssen. Der Aufenthaltsort der *Verschi-*

ckung, sei es ein Landschulheim im Wald oder, wie in meinem Fall, eine Nordseeinsel, ist grundsätzlich feindlich. Aber wie alle geschlossenen Gesellschaften, seien es Gefängnisse, Klöster, Internate oder Schiffe, liefert er eine literarisch überaus wirksame Bühne, einen Mikrokosmos, der wie geschaffen für das Erzählen ist.

In der *Kinderkur* gab es kein Brot mit Sand, dafür jeden Morgen eine Tasse Salzwasser, die ich mit Todesverachtung hinunterkippte. Ich war nicht subversiv, bloß gut erzogen, besser gesagt: gehorsam. Hätte ich, wie einige der anderen Kinder, das Salzwasser einfach auf den Boden geschüttet, wäre mir, genau wie ihnen, überhaupt nichts passiert. Davon durfte in meiner Geschichte allerdings nicht die Rede sein, die, nach diversen dramatischen Steigerungen, ihren Höhepunkt darin fand, dass ich, damals knapp sechs Jahre alt und des Schreibens noch nicht mächtig, jeden Montag (Montag war Schreibtag) einer der zuständigen *Tanten* Postkarten zu diktieren hatte, auf denen, Gipfel der Selbstverleugnung, immer derselbe Text stand: »Mir geht es gut. Wie geht es Euch? Es ist sehr schön hier. Jeden Tag gehen wir am Strand spazieren und spielen Ball. Das Essen ist gut, und alle sind nett zu mir.«

Begabte Künstler und Selbstbeobachter, wie der Regisseur Luis Buñuel, wissen aus genau solchen Situationen einen erstaunlichen Mehrwert zu schlagen. In seinem Erinnerungsbuch mit dem Titel *Der letzte Seufzer* hebt er seine Jahre an einer Jesuitenschule hervor, in der das Lernen nach strengsten und für unser heutiges Empfinden grausamen Gesetzen erfolgte, um am Ende zu betonen, es seien genau jene Jahre gewesen, die ihn in Bezug auf seine Kunst gesteigert mit Inspiration versorgten.

Die Biographie des Komikers Buster Keaton erzählt von einer Kindheit und Jugend im Showgeschäft seiner Eltern, von Busters Auftritten im Vaudeville-Theater als *Besen* und *Kanonenkugel*, die das Kind lehrten, ein ernster Besen und eine todernste Kanonenkugel hätten die größte Aussicht auf Lacher. Die Legende berichtet, es sei die kindliche Bühnenerfahrung gewesen, die Buster Keaton zu seinem Markenzeichen vom *Stoneface* verhalf und zu jenem berühmten *Mann, der niemals lachte* machte.

Der Einsatz des Kindes als Bühnenrequisit entging allerdings auch schon damals nicht dem, was wir heute den

Kinderschutzbund nennen würden. Der kleine Buster bekam Auftrittsverbot. Ein Verbot, das seine Eltern schlicht mithilfe eines billigen Kostümtricks unterliefen. Buster betrat fortan das Theater durch den Hintereingang, mit Frack und angeklebtem Bart als Liliputaner maskiert, und gab allabendlich weiter Besen und Kanonenkugel.

Märchen meines Lebens

Womit wir bei einer der Lieblingsfragen im literarisch-biographischen Kontext wären, bei der Frage nach der glücklichen oder unglücklichen Kindheit. Bloß was ist eine glückliche, was eine unglückliche Kindheit? Ist Glück die Erfahrung selbst oder nicht vielmehr das, was wir aus dieser Erfahrung machen? Ist Glück, wie oft behauptet wird, langweilig, sobald man davon erzählt? Disqualifiziert demnach die glückliche Kindheit ihren Erzähler, während die unglückliche ihn auszeichnet, ihm womöglich sogar erhöhte Autorität und Glaubwürdigkeit verleiht? Sind nur Unglücksgeschichten gute Geschichten?

Der berühmte dänische Dichter Hans Christian Andersen, dessen unglückliche Kindheit über so gut wie jeden Zweifel erhaben ist, dreht diesen Unglücksspieß entschieden um und spottet damit, ob bewusst oder unbewusst, sei dahingestellt, jedem Versuch von der authentischen Kindheitserzählung, wenn er in seiner Autobiographie mit dem Titel *Märchen meines Lebens* schreibt: »Mein Leben ist ein hübsches Märchen, so reich und glücklich.

Wäre mir als Knabe, als ich arm und allein in die Welt hinausging, eine mächtige Fee begegnet und hätte gesagt: ›Wähle deine Laufbahn und dein Ziel, und dann, je nach deiner Geistesentwicklung und wie es der Vernunft gemäß in dieser Welt sein muss, beschütze und führe ich dich!‹ – mein Schicksal hätte nicht glücklicher, klüger und besser geleitet werden können. Meine Lebensgeschichte wird der Welt sagen, was sie mir sagt: Es gibt einen liebevollen Gott, der alles zum Besten führt.«

Welchen Maßstab legen wir an solche Märchen an? Wie lesen wir sie im Verhältnis zum wirklichen Leben? Und wann werden wir selber zu Märchenerzählern? In anderen Worten, wann beginnen wir mit der Selbstbetrachtung jener weitläufigen Landschaft aus Erinnerungen und Fotografien, auf denen wir uns zwar schemenhaft zu erkennen glauben, aber denen wir doch nicht recht trauen, weshalb wir sie unablässig immer wieder von vorn interpretieren. (Eine Interpretation, die meine Mutter so nüchtern wie rigoros mit dem Stempel dessen versah, was sie provozierend *nachösterliche Interpretation* zu nennen pflegte.)

Es sind jene Bilder, von denen Peter Handke in dem oben zitieren *Lied* behauptet, dass das Kind darauf *kein Gesicht* mache: »Und machte kein Gesicht beim Fotografieren«. Was unterstellt, Kinder seien frei von Verstellung oder wenigstens unbeholfen in Sachen Vortäuschung und Rollenspiel.

Das Kind, das *kein Gesicht* macht, gehört (vor allem, wenn man den Text mit der Märchenerzählerstimme des Schauspielers Bruno Ganz gesprochen hört) zu jenen so poetischen wie verräterischen Sätzen, die Erwachsene für Erwachsene über Kinder schreiben. Kinder machen natürlich immer Gesichter. Manchmal andere als Erwachsene, manchmal, wenig überraschend, genau dieselben. Die Veredelung der Vorstellung vom Kind, das, darin nicht unähnlich dem *guten Wilden*, der Welt vollkommen anders (reiner, wahrhaftiger, unbedarfter, naiver) als der Erwachsene begegnet, ist nur ein weiterer Beweis dafür, dass Kindheitsgeschichten die Domäne Erwachsener sind, in der Kinder in der Regel nur Zuhörer sind.

Denn Kinder erzählen natürlich keine Kindheitsgeschichten. Kindheitsgeschichten speisen sich aus der Vergangenheit, Kindergeschichten dagegen speisen sich aus der Zukunft, nicht aus dem Blick zurück, sondern aus den Blick nach vorn,

weshalb sie zwar nicht weniger klischee-
haft, aber, im Gegensatz zu Kindheitsgeschichten, niemals sentimental sind.

Kinderbriefe, wie die oben erwähnten
Postkarten aus der Verschickung, sind ein
gutes Beispiel dafür. Sie sind in der Regel
formelhaft, gestelzt, altmodisch und kon-
servativ, rührende Zeugnisse des Versu-
ches, die Situation, in die sich das Kind
gestellt sieht, zu meistern, ihr gewachsen
zu sein, also so schnell wie möglich erwachsen zu werden. Die Idee von jenem
Kind, das um keinen Preis erwachsen
werden möchte, wie wir es aus *Pippi Langstrumpf* mit ihrem Rezept der Krumulus-
pillen, deren Einnahme ewige Kindheit
verspricht, oder aus *Peter Pan* kennen, jenem Text, der mit dem berühmten Satz
beginnt: »Alle Kinder wollen erwachsen
werden, außer einem«, betrifft selbstver-

ständlich nicht Kinder, sondern Erwachsene.

Denn Peter, der von sich behauptet,
die Jugend zu sein, verkörpert in Wahrheit
nichts anderes als die Angst vor dem Alter.
Seinen Gegentypus finden wir in der Gestalt Pinocchios, der sich nach nichts mehr
sehnt, als endlich ein *richtiger Junge* zu
werden, in anderen Worten, ein Erwachsener. Während in *Peter Pan* der Traum vom
vermeintlichen Abenteuer ewiger Kindheit und Jugend propagiert und zugleich
literarisch konserviert wird, fallen bei
Pinocchio Kindheit und wirkliches Leben
in eins, denn in *Pinocchio* gibt es gar keine
Kindheit. Sobald er, ein ziemlich ungeho-
beltes Stück lebendigen Holzes, das Haus
seines Vaters verlässt, findet er sich un-
mittelbar herausgefordert von allem, was
auch das Leben eines Erwachsenen aus-

macht. Er muss sich durchschlagen, sein Brot durch eigene Arbeit verdienen (ein klassischer Fall von Kinderarbeit!) und gerät dabei mehr als einmal in Todesnot. Ganz abgesehen davon, dass es, ganz anders als bei Peter, in Pinocchios Welt kein Kinderzimmer gibt. Folglich auch keine Kindheitsgeschichten.

Während *Peter Pan* also die Sehnsucht nach ewiger Kindheit verkörpert, ist *Pinocchio* die Verkörperung der Kindheit selbst, in Gestalt eines Kindes, das nicht zurück, sondern nach vorn blickt, nicht nur, weil es, allen Rückschlägen zum Trotz, sein Ziel niemals aus den Augen verliert, sondern weil es genau weiß, dass es, de facto, zwar einen Blick, aber keinen Weg zurück gibt.

Aber ganz gleich, ob wir *Pinocchio* oder *Peter Pan* zur Hand nehmen, über allem, was über die Kindheit zu sagen ist, liegt der Schatten des Erwachsenseins. Das liegt in der Natur des Verhältnisses zwischen Erwachsenen und Kindern. Es sind Erwachsene, die unsere Kindheit verwalten, Erwachsene, die Kinderbücher schreiben, Pädagogen und Psychologen, die deren Produktion überwachen, und es sind wiederum meistens Erwachsene, die entscheiden, welche Bücher sie kaufen, um ihren Kindern daraus vorzulesen. Bücher, die sie nostalgisch an ihre eigene Kindheit erinnern oder in denen sie jenen Schutzraum suchen, den sie als Kinder womöglich nicht hatten.

Kinder dagegen sind auf die Zukunft aus. Dass sie trotzdem die Kindheitsgeschichten und Märchen ihrer Eltern und

Großeltern lieben, das große und ewige *Es war einmal*, ist kein Widerspruch. Im Gegenteil. Denn die märchenhafte Vergangenheit ist für sie keine uneinnehmbare Festung der Erinnerung, sondern eine Aktie auf die Zukunft, eine Verheißung auf kommende Abenteuer, auf ein Leben, in dem das Kind endlich *kein Kind* mehr ist. Mit schlechten Geschichten lassen sie sich trotzdem nicht abspeisen.

Wobei Wahrheit kein Kriterium ist, wohl aber Ehrlichkeit in der Erzählung, und zwar durchaus in einem formal ästhetischen Sinn, denn: »Kinder analysieren Phantasie, sie wissen genau, dass wir Witze (Spaß) machen, dass wir sie foppen (that we are kidding them)«, schreibt der oben erwähnte Dr. Seuss. Und er fährt fort: »Es muss eine Logik geben in der Art und Weise, *wie* wir diese Witze machen (the *way* you kid them). Ihr (der Kinder) Vergnügen besteht darin, so zu tun als ob – also darin, uns glauben zu machen, dass sie uns glauben (was wir erzählen).«

In anderen Worten: Kinder haben ein untrügliches Gespür für gute Geschichten, nicht nur, weil sie an Verheißungen glauben, sondern weil sie intuitiv den Unterschied zwischen erlebtem und erzähltem Leben erfassen. Dabei sind sie gleichermaßen von literarischen Kriterien wie von konkreten Bedürfnissen geleitet. In einem Workshop für Kinderbuchautoren formulierte Dr. Seuss *The seven needs of children* (die sieben Bedürfnisse von Kindern) wie folgt: Love, security, belonging, to achieve and to know and the needs for change and aesthetics (Liebe, Sicherheit, Zugehörigkeit, Erfolg

und Wissen und die Notwendigkeit für
Veränderungen und Ästhetik). Ein Kata-
log, dem auch heute nicht viel hinzuzu-
fügen ist.

Oh, the places you'll go!

Als Kinder hielten wir uns mit Leiden-
schaft in allen möglichen *Als-obs* auf,
wobei unsere frühen Abenteuer nicht
sonderlich abenteuerlich waren. Sie bestanden größtenteils in Nachahmungen
eines familiären Alltags, den wir allerdings nach Geschmack abwandelten.
Wir *spielten* Familie. Im Alter von sechs
Jahren war ich bereits eine verheiratete
Mutter von drei Kindern. Mein Mann,
von Beruf Kriminalkommissar, war groß
und dick, trug einen Igelhaarschnitt und

den Namen Willi. Der Mann meiner zwei Jahre älteren Schwester, in unserem Spiel nicht Schwester, sondern Cousine, ebenfalls verheiratet, Mutter zweier Töchter und eines Sohnes, war dagegen schlank, blond, blauäugig und hieß Pit. Von Beruf war er Falkner (wo hatten wir diesen Beruf bloß aufgeschnappt?), kein sehr einträglicher Posten, die Familie lebte in einem einsamen Forsthaus in Armut. Aber ganz wie im Märchen war der Falkner edel und seine Frau stolz.

Ich dagegen hatte nicht nur einen verbeamteten Ehemann, sondern, für die Geschichte weit wichtiger, einen steinreichen Vater, Besitzer eines Luxushotels mit einem Tresor, in dem sich Bargeld in Säcken befand, die mir, bei Bedarf, jederzeit zur Verfügung standen. In einem kleinen roten Sportwagen mit offenem Verdeck

(*Roter Blitz*) fuhr ich Geldsäcke auf der Rückbank durch die Stadt zum Forsthaus, um meiner armen Cousine mit Spenden unter die Arme zu greifen, die sie jedes Mal empört zurückwies.

Wenig später ließen wir unsere Familien links liegen und verwandelten uns in Internatsschülerinnen, was vermutlich auf den Einfluss der Lektüre von Enid Blyton zurückzuführen ist (*Hanni und Nanni*). Trotz meiner Erfahrungen in der Kinderkur war ich verliebt in das Internatswesen. Das Internat verhieß, bei aller Regelhaftigkeit und dem Zwang zur Unterordnung unter eine fremde Autorität, die Freiheit von Eltern und Geschwistern und die Möglichkeit einer Erzählung, die sich weder familiär verorten noch kontrollieren ließ. Ich erinnere mich daran, wie wir Schwestern, in einem Zug unterwegs zu Verwandten, das ganze Abteil mit Geschichten aus einem Internat unterhielten, das es einzig und allein in unserer Phantasie gab. Die Mitreisenden schenkten uns Glauben, jedenfalls taten sie so, als ob.

Die Reihe der *Als-obs* ließe sich beliebig fortsetzen. Kinder lieben es, sich in neue Rollen nicht nur hineinzudenken, sondern sie auch zu spielen, wobei sie Erlebtes und Erlesenes mit eigenen Erwartungen mischen. Dabei gehen sie in der Regel affirmativ vor, sie wollen dazugehören, nicht beiseitestehen. Der Wunsch Erwachsener nach dem Besonderen, nach dem, was wir heute gern als Alleinstellungsmerkmal bezeichnen, irritiert sie. Das kindliche *Wenn ich einmal groß bin* ist die so einfache wie kraftvolle Formel für einen angepassten Zukunftssinn, den Erwachsene gelegentlich mit sentimentalen Schlagertexten konterkarieren, deren Refrain darauf lautet, man müsse *noch mal zwanzig* sein.

Ich war nicht zwanzig, sondern erst zehn, als ich mich in einem Akt kühner Selbstüberschätzung an das bis dahin größte *Als-ob* meines Lebens machte, indem ich begann, meine erste Autobiographie zu schreiben. »ICH«, so beginnt, in Großbuchstaben, der kurze Text, »meine Familie, mein Name und meine Wünsche und mein Leben. Felicitas Hoppe. Das bin ich. Im Augenblick, in der Zeit, da ich meine Erlebnisse schreibe, bin ich zehn Jahre alt. Ich habe trotz meiner erst zehn Jahre doch schon eine Menge erlebt. Ich schreibe in diesem Buch mehrere einzelne Geschichten, die von mir und meiner Familie und meinem Leben handeln. (...)«

Dass das Unternehmen nicht nur aus formalen Gründen, sondern vor allem aus Mangel an Stoff scheiterte, versteht sich von selbst. Denn ich hatte eine glückliche Kindheit, mit anderen Worten, kein Pfund, mit dem ich wuchern konnte. Mein einziges Pfund war mein Behauptungswille, der Wille, von etwas zu erzählen, was sich noch gar nicht ereignet hatte: Ich hatte beschlossen, groß zu sein, oder, wenn das nicht, so wenigstens, groß zu werden.

Die nächsten vierzig Jahre meines Lebens verbrachte ich, abgesehen von diversen Nebentätigkeiten, in denen ich das Erwachsenwerden probte, damit, schreibend von Kindheiten zu erzählen. Eine Übung, die von dem permanenten Unwohlsein begleitet war, nicht vorwärts, sondern rückwärts zu erzählen. Der oben erwähnte Debütband *Picknick der Friseure* erzählt in zwanzig Variationen tatsächlich von nichts anderem als von genau dieser Gegenbewegung, von einem Zurück im Voran, von der Sehnsucht nach Aufbruch und gleichzeitig von der Angst davor. Das erzählende Ich gleicht einem Kreisel, der sich ausschließlich um sich selbst dreht, weil das Verlassen der eigenen Umlaufbahn womöglich den Sturz bedeuten könnte.

Die Folgewerke dagegen waren immerhin von dem Willen getragen, mit Hilfe von Stellvertretern irgendwie doch noch voran- und in die Welt zu kommen, wobei mein schriftstellerisches Interesse vorzugsweise historischen Gestalten galt, die allesamt überhaupt keine Kindheit haben bzw. über deren Kindheit wir buchstäblich nichts wissen. Weder über Pigafetta, den unbekannten Chronisten auf den Schiffen Magellans im frühen sechzehnten Jahrhundert, noch über die Galerie Hoppes ebenfalls unbekannter Forschungsreisender aus dem siebzehnten bis ins zwanzigste Jahrhundert, von Doktor Stolizcka in *Paradiese, Übersee* bis hin zu John Hagenbeck in *Verbrecher und Versager* lassen sich Kindheitsgeschichten erzählen, weil ihre Kindheiten nicht überliefert sind.

Und doch schafft sich, allen Leerstellen zum Trotz, im Erzählen über diese aus der Weltgeschichte geliehenen Protagonisten unübersehbar das Bedürfnis Raum, über ihre Kindheit zu berichten und sie da, wo sie nicht rekonstruierbar ist, stattdessen spekulativ zu erfinden. Das geschieht förmlich reflexhaft und vermutlich deshalb, weil wir dazu neigen zu glauben, Kindheit und Jugend seien eine Art Generalschlüssel zum Leben einer Person, und hätten wir diesen Schlüssel gefunden, würden sich alle Türen wie von selbst öffnen.

Wahrheit und Illusion zugleich. Denn es versteht sich von selbst, dass das Nacherzählen (Erfinden) uns unbekannter Kindheiten weit mehr über uns selbst verrät als über jene, von denen wir zu erzählen versuchen. In der literarisch rekonstruierten Kindheitsgeschichte wird alles zu einem verräterischen Spiegel. Jeanne d'Arc, Johanna von Orleans, auch bekannt als *Die Heilige Johanna*, eine meiner prominentesten literarischen Stellvertreterinnen, ist ein guter Prüfstein dafür. Nicht zuletzt deshalb, weil sich ihre Kindheit, im Gegensatz zu den meisten ihrer

Zeitgenossen, tatsächlich immerhin in Teilen rekonstruieren lässt.

Denn in den Protokollen jenes vermutlich prominentesten Gerichtsverfahrens des französischen fünfzehnten Jahrhunderts, in dem die Neunzehnjährige, nicht mehr Kind, aber auch noch nicht ganz erwachsen, schließlich zum Tod auf dem Scheiterhaufen verurteilt wird, scheint auch ihre Kindheit auf. Allerdings nicht als Kindheit unserer Wünsche, sondern als eine ferne, befremdliche Kindheit, an die es, sechshundert Jahre später, kaum Anknüpfungspunkte gibt.

Aber ganz gleich, wo wir sie aufsuchen, im Film oder in der Literatur, überall findet man die Nacherzählungen, besser gesagt, die Transformationen ihrer Geschichte stark geprägt von dem Wunsch nach zeitgenössischer Aktualisierung und Psychologisierung (Luc Besson), immer wieder scheint der Wille zur Erdichtung einer Kindheit auf, die Johanna faktisch vermutlich niemals hatte. Dagegen ist, solange wir den Gesetzen der Kunst und nicht denen historischer Rekonstruktion folgen, selbstverständlich nichts einzuwenden. Und doch bleiben all diese Nacherzählungen hilflose Versuche, einem Phänomen auf die Spur zu kommen, das so singulär wie unerklärbar ist und tatsächlich über das oben zitierte Alleinstellungsmerkmal verfügt.

Natürlich bedient die Nacherzählung den Wunsch nach Identifikation, sie soll unter anderem dazu dienen, das eigene Leben mit einem großen historischen *Als-ob* anzureichern und den Erzähler mit den gestohlenen Vergangenheiten so bekannter wie verkannter Helden in ein

Verhältnis zu setzen. Im Spiegel fremder Kindheitsgeschichten glauben wir, die eigene Geschichte zu erkennen und zu begreifen, warum aus uns womöglich nicht geworden ist, was wir glaubten, selbst einmal werden zu können. Wir leihen uns, Schreibende wie Lesende gleichermaßen, den Schwung und den Impuls des Aufbruchs und verknüpfen dabei produktiv den Blick nach hinten (*Es war einmal*) mit dem Blick nach vorn, mit dem verheißungsvollen Ruf Richtung Zukunft, jenem vagen Versprechen, von dem sich seit jeher die Auswanderer nähren und das mit Dr. Seuss seinen Titel gefunden hat: *Oh, the places you'll go!*

In diesem Sinn fallen Jeanne d'Arc, Pinocchio und Buster Keaton überraschend in eins: Drei Helden ohne Kindheit und Kinderzimmer, die es unaufhaltsam nach vorne treibt, drei Lebens- und Literaturgeschichten, die auf höchst unterschiedliche Weise enden. Der Zusammenhang mag auf den ersten Blick wenig zwingend erscheinen und in erster Linie meinen Neigungen folgen, aber ganz von der Hand weisen lässt er sich nicht. In dem Bild von der Keaton'schen Kanonenkugel sind sie alle versammelt: Das Kind, das kein Kind, sondern Requisit seiner unternehmerisch begabten Eltern ist. Die Holzpuppe, die ursprünglich nur zu dem Zweck gedacht war, die prekäre finanzielle Lage ihres Schöpfers (Gepetto) zu verbessern (er will mit der Marionette durch die Lande ziehen und damit Geld verdienen!), und plötzlich unkontrollierbar zu eigenem Leben erwacht und nicht weniger als ein Mensch sein möchte. Und eine fromme Schäferin, die gegen das Fünfte

Gebot verstößt und auf eigene Faust Vater und Mutter verlässt, um einen König zu krönen und in den Krieg zu ziehen, und die vom drohenden Scheiterhaufen nichts ahnt. Sie alle folgen dem Ruf der Verheißung, einem diffusen Versprechen, und haben dabei, so unreflektiert sie auch sind, nicht weniger als das Paradies vor Augen.

Das Paradies, jenes so pathetisch wie tröstlich aufgeladene literarische Antidepressivum, ist das Thema des letzten und vielleicht schönsten Buches des berühmtesten amerikanischen Kinderbuchautors, Dr. Seuss, das er, weit über achtzigjährig, verfasste und in dem er die Jenseitsverheißung in ein irdisches Hier und Jetzt überführt und ein letztes Mal, kurz vor seinem persönlichen Torschluss, entschieden auf die Aktie der Zukunft setzt. Das Buch trägt, seinem philosophischen Unterfutter zum Trotz, alle Züge kindlicher Selbstbehauptung in einer so abenteuerlichen wie feindlichen Welt.

Der Protagonist, ein kleiner namenloser Junge, das Du und Gegenüber eines alternden Erzählers, der zwar besser weiß, was auf seinen Zuhörer zukommt, aber dabei niemals besserwisserisch oder belehrend auftritt, macht sich auf den Weg hinaus in die Welt. Ich zitiere:

>*Congratulations!*
Today is your day.
You're off to great Places!
You're off and away!«

Der Text ist, wie alle guten lyrischen Texte, so gut wie unübersetzbar, ich übersetze trotzdem versuchsweise die ersten Zeilen wie folgt:

> »Congratulations!
> Heut ist dein Tag,
> Du gehst auf und davon,
> Du bist mächtig und stark!«

Und nach dem ersten Umblättern:

> »Denn du hast Hirn im Kopf
> Und zwei Füße im Schuh:
> Wohin du jetzt gehst,
> Das entscheidest nur du!
> Mutterseelenallein -
> Weil du ganz genau weißt,
> Dass die Welt dir eine große Zukunft
>   verheißt.«

Und nach dem zweiten Umblättern:

>>*Du schaust runter und rauf,*
Und du schaust ganz genau,
Ob die Richtung dir passt,
Denn du bist ziemlich schlau.
Weil dein Kopf ein Hirn hat und dein Fuß
einen Schuh.
Manche Straßen sind offen und andre sind
zu!

Ob du die offenen findest?
Völlig egal! Geh einfach weiter,
Verlass deine Stadt –
Denn du hast sie längst satt!

(...)<<

Das Kind verlässt die Stadt und landet im offenen Raum, in einer Landschaft voller Aussichten, Luftschlösser und Luftballons, voller Versprechen auf Vergnügung und Siege. Es folgt ein endloser Flug durch die weite Welt, der allerdings plötzlich überraschend zum Halt kommt, als der kindliche Reisende mit seinem Ballon an einem unwirtlich kahlen Baumast hängen bleibt und als unvermutet Verunfallter unweigerlich hinter allen anderen Reisenden zurückbleibt.

Erst hier beginnt seine eigentliche Odyssee: Verlassen von allen guten Geistern, von Mitreisenden genauso wie von potentiellen Nachfolgern, steht er plötzlich wirklich allein in einer unbekannten und wenig anheimelnden Landschaft, die ihn in ungeahnte Abgründe führt. Das sieht weder schön aus, noch fühlt es sich gut an, entspricht aber genau der Geschichte von Pinocchios Lebens- und Stationendrama mit seinen unablässigen Stop-and-gos. Als das Kind nach mehrseitigen und von diversen Monstren bevölkerten Irrfahrten endlich wieder in menschlich bewohntem Gelände landet, nimmt sich das nicht weniger unheimlich aus. Es landet genau dort, wo wir früher oder später alle landen und wo wir uns am wenigsten gern aufhalten: im WAITING PLACE nämlich, an einer dieser vielen gottverlassenen Bushaltestellen, die uns auf unfröhliche Weise an Becketts *Warten auf Godot* erinnert.

Dr. Seuss' *Waiting Place* hält so ziemlich alles bereit, was solche Warteplätze zu bieten haben: Langeweile, Wiederholung, Hoffnungslosigkeit, der perfekte Schauplatz gebündelter Depression: »People

just waiting!« Auf was sie warten, kommt
uns bekannt vor:

>*Leute warten auf den Zug.*
Leute warten auf den Flug,
Auf den Bus, den Schnee, die Post,
Auf das Telefon, den Frost,
Auf ein Haar das wieder wächst,
Alle warten wie verhext,
Alle warten.

(...)«

»NO! That's not for you!«, das ist nichts
für dich, ruft entschlossen der Erzähler,
um seinen Protagonisten ein zweites Mal
unerbittlich hinaus in die Welt zu werfen,
die auch in der zweiten Runde nicht weniger abenteuerlich ist und auf der noch
mehr Irrfahrten zu bestehen sind, die ich

hier aus Zeitgründen aussparen möchte, to end on a happy note, mit der Verheißung jener zweiten biblischen Kindheit, auf die wir bis zur vorletzten Seite warten müssen und die uns mit allem versöhnt, was wir bis dahin auf dem Weg durchgemacht haben: »KID, YOU'LL MOVE MOUNTAINS!« (Kind, du kannst Berge versetzen!) Um uns eine Seite weiter – es ist endlich die letzte – mit der prosaischen und ebenfalls unübersetzbaren Fußnote zu entlassen: »Dein Berg wartet auf dich – also nichts wie los!«

Unübersetzbar auch deshalb, weil sich in einem europäisch sozialisierten Leser spätestens an dieser Stelle in der Regel etwas sträubt gegen jenen mit Slogans aufgeladenen Willen, der Feindlichkeit der Welt und all ihren Abgründen, mit anderen Worten dem Tod, bis zum bitteren

Ende mit einem unanfechtbaren Optimismus zu begegnen, der dabei vielleicht nur die Kehrseite unserer tradierten religiösen Vorstellungen ist.

Ein blindes und ein lahmes Kind

Denn in Dr. Seuss' Wartezimmer sitzen selbstverständlich nicht nur amerikanische Kinder, sondern Kinder aus aller Welt, nicht zuletzt auch ein paar Kinder aus Hameln. Wie wir unserer Vergangenheit und unserer Zukunft begegnen, hängt nicht davon ab, ob sie faktisch hoffnungsvoll oder hoffnungslos ist, sondern in erster Linie davon, wie wir ihr erzählerisch, das heißt, mit den Mitteln der Selbstbehauptung begegnen.

Womit wir, kurz vor Schluss, wieder

bei Hoppes Relektüre ihrer eigenen Lebensgeschichte und damit bei der Geschichte des Hamelner Rattenfängers sind, die sich in ihrem Roman *Hoppe* etwas anders liest als bei den Brüdern Grimm oder in den Annalen der Stadt Hameln. In die märchen- und legendenhafte Welt- und Literaturgeschichte ist sie, wie selbstverständlich und fast ohne Gegenstimme, als tragische Geschichte eines großen Verlustes eingegangen, als die Geschichte einer Verführung und Entführung aus Rache. Also noch eine Geschichte, über der der Schatten des Erwachsenseins liegt, jener lange Schatten der Angst, der hartnäckig an allem festhalten und nichts loslassen möchte. Denn als die Eltern aus der Kirche zurückkehren und feststellen müssen, dass ihre Kinder auf und davon sind, weil der Rattenfänger sie in einen Berg geführt hat, der sich für immer hinter ihnen schließt, herrscht Heulen und Zähneknirschen. Keine Rede davon, dass die Eltern selbst die Schuld am Verschwinden ihrer Kinder tragen könnten.

Die Geschichte lebt, wie die meisten Geschichten, vom Unglück, das in Wahrheit vermutlich kein Unglück, sondern nichts als ein Aufbruch war, ein Drama mithin, das, historisch betrachtet, um nichts anderes als die Geschichte einer zum Heimatmythos heruntergekochten Auswanderung kreist. In Hoppes zweitem Versuch einer Autobiographie (40 Jahre später), deren erste Jahre sie nicht, wie historisch verbürgt, in Hameln ansiedelt, sondern in Brantford, Kanada, und in der sie, nebenbei vermerkt, auch nicht, wie realiter, das dritte von fünf Kindern, sondern ein Einzelkind ist, lässt sie ihre Ersatzmutter Phyllis Gretzky die Geschichte vom Rattenfänger stellvertretend nach- und neuerzählen wie folgt:

»(...) ›Dann kommst du also aus Ha- meln und bist tatsächlich ein Glücks- kind‹, sagte sie (und füllte die Teller), ›aus der Stadt des berühmten Rattenfän- gers, der alle Ratten der Welt im Schlaf erlegt, jede ein Treffer, und den keiner für seine Patente bezahlt, weshalb er beschließt, die Stadt zu verlassen. Klar, dass er nur die Besten mitnimmt, und das sind, natürlich, die Kinder. Ein großer Tag, das könnt ihr mir glauben (an die- ser Stelle hebt Phyllis enthusiastisch die Stimme), kein Kind steht beiseite, alles steht Schlange vor dem großen Berg, in dem sie wenig später für immer ver- schwinden. Aber (Phyllis füllt nach) sie sind natürlich gar nicht verschwunden, sondern unterirdisch weitergewandert, bis sie am anderen Ende des Berges ein großes und strahlendes Licht sehen. Und, Kinder!, was soll ich euch sagen: Da stehen sie plötzlich in Kanada, auf frisch poliertem Eis, lauter glänzende Gesichter, gleich um die Ecke hinter unserem Haus. Damit hatte natürlich keiner gerechnet. Wie groß die Freude war, könnt ihr euch denken. Und das alles haben sie dem Rattenfänger zu verdanken. Denn hätte der sie nicht mitgenommen, säßen sie bis heute in Hameln und wüssten nichts mit sich anzufangen.‹ (…)«

Oh, the places you'll go! Hoppe singt ein Lied davon, wenn sie, in ihrer Traumbiographie in Breslau geboren, von da aus nach Kanada zieht, dann weiter nach Australien und von da aus an die nordamerikanische Westküste, um schließlich am

Ende wieder in Hameln zu landen. Ehrliche Erfindung oder pure Phantasterei? Sechs Jahre lang habe ich nach Mitteln und Wegen gesucht, um von meiner Kindheit zu sprechen, und bin dabei auf mehr als einen Abweg geraten, bis ich endlich dazu in der Lage war, den einfachsten Weg von allen zu gehen, in anderen Worten: bis ich mich endlich dazu entschließen konnte, nicht von dem zu sprechen, was wirklich war, sondern von dem, wovon ich schon immer träumte.

Und so ist aus Hoppes Biographie, schlicht und einfach, unter der Schreibhand eine Biographie geworden, in der nicht von dem erzählt wird, was war, sondern von dem, was hätte sein können. Hoppe, drittes von fünf Geschwistern, wird plötzlich unvermutet zu einem Einzelkind, das plötzlich hat, wovon sie immer geträumt hat: ein höchst abenteuerliches Leben nämlich. Mit einem Erfindervater (bei Enid Blyton geliehen), mit einem Leben zu See (bei Pippi Langstrumpf geliehen) und mir vier erfundenen Geschwistern aus Hameln (aus dem wirklichen Leben geliehen). Am Ende kommt dabei eine Geschichte heraus, die, auf unheimliche und auf manchmal fast unangenehme Weise, dem wirklichen Leben näher kommt als jede andere Kindheitsgeschichte, vielleicht weil wir weniger sind, was wir sind, als das, was wir uns wünschen.

Ein *Märchen meines Lebens* also, das allerdings wenig märchenhaft ist, weil sich am Ende womöglich herausstellt, dass unsere Wünsche weit mehr über uns sagen als das, was daraus geworden ist. Nicht zuletzt deshalb, weil sie von jenen Kindern flankiert sind, die der Rattenfänger nicht mitnehmen wollte und denen Hoppe in *Hoppe* ein besonderes Denkmal gesetzt hat, jenem blinden und jenem lahmen Kind nämlich, die der Rattenfänger nicht mitnehmen wollte, weil sie einfach nicht schnell genug waren.

Sie übrigens sind es, die diese Geschichte erzählen und vermutlich auch diesen Vortrag halten, weil sie die wahren Zeitzeugen sind, die besser als die flüchtige Hoppe wissen, was in *Picknick der Friseure* gemeint ist, wenn Hoppe schreibt: »Wir können nicht knien, wir sind schon klein.« Von ihrer Kindheit ist nichts zu berichten, weil ihre Stimme das Mikrophon nicht erreicht. Sie werden sich trotzdem daran erinnern. Denn wie sehr wir auch immer nach vorne schauen: Gegen die Erinnerung ist kein Kraut gewachsen. Auch nicht in Amerika.

Zur Autorin

FELICITAS HOPPE, 1960 in Hameln geboren, lebt als Schriftstellerin in Berlin und Leuk. 1996 erschien ihr Debüt *Picknick der Friseure*; 1999, nach einer Weltreise auf einem Frachtschiff, folgte der Roman *Pigafetta*; 2003 *Paradiese, Übersee*; 2004 *Verbrecher und Versager*; 2006 *Johanna*; 2008 *Iwein Löwenritter*; 2009 *Sieben Schätze* und die Erzählung *Der beste Platz der Welt*; 2010 *Abenteuer – was ist das?*; 2011 *Grünes Ei mit Speck*, eine Übersetzung des amerikanischen Kinderbuchautors Dr. Seuss; 2012 der autobiographische Roman *Hoppe* und zuletzt

2018 der Roman *Prawda. Eine amerikanische Reise*. Für ihr Werk wurde Felicitas Hoppe vielfach ausgezeichnet, unter anderem mit dem Georg-Büchner-Preis und zuletzt mit dem Großen Preis des Deutschen Literaturfonds.

www.felicitas-hoppe.de

Zum Buch

Die Erzählerin ist krank und die Diagnose glasklar: *Fieber 17*. Aber was ist das für eine Krankheit, die weder Körper noch Geist befällt, sondern jenes »übrig gebliebene kleine Halborgan«, das man früher die Seele nannte und das ständig auf Reisen und Wanderschaft ist?

Zusammen mit ihrem sesshaften Hausarzt kehrt die Patientin in ihre Kindheit zurück und erzählt uns, wie alles begann – von der ersten großen Reise eines asthmatischen Vorschulkindes, das weder lesen, schreiben noch schwimmen kann und sich bis heute danach sehnt, irgendwo anzukommen, um endlich »einen Sitz im Leben« zu finden.

Eine traumhafte Geschichte vom wirklichen Leben, flankiert von einem Essay über die Kindheit und dem vergeblichen Versuch, endlich erwachsen zu werden.

Fieber 17 war zum ersten Mal im Rahmen des ARD-Radiofestivals im Sommer 2020 zu hören.

Der Essay geht auf einen Vortrag zurück, den Felicitas Hoppe 2012 an der Universität Leipzig hielt.